U0863835

世界上独一无二的你

[美]鲍勃·拉茨卡　著
[美]克里斯汀·赫德歇尔
[美]凯文·赫德歇尔　绘
张弘　译

海峡出版发行集团
THE STRAITS PUBLISHING & DISTRIBUTING GROUP
福建少年儿童出版社
FUJIAN CHILDREN'S PUBLISHING HOUSE

YOU ARE A STORY
BY BOB RACZKA, KRISTEN HOWDESHELL(ILLUSTRATOR), KEVIN HOWDESHELL (ILLUSTRATOR)
Text copyright © 2023 by Bob Raczka
Illustrations copyright © 2023 by Brave Union, LLC
This edition arranged with Holiday House Publishing, Inc., New York
through Big Apple Agency, Inc., Labuan, Malaysia.
Simplified Chinese edition copyright © 2025 Look Book (Beijing) Cultural Development Co., Ltd.

All rights reserved.

著作权合同登记号：图字13-2025-013号

图书在版编目（CIP）数据

世界上独一无二的你 / （美）鲍勃·拉茨卡
(Bob Raczka) 著 ; （美）克里斯汀．赫德歇尔
(Kristen Howdeshell), （美）凯文．赫德歇尔
(Kevin Howdeshell) 绘 ; 张弘译. -- 福州 : 福建少年
儿童出版社, 2025. 5. -- ISBN 978-7-5395-8900-8
Ⅰ. I712.85

中国国家版本馆CIP数据核字第202521M5M2号

SHIJIE SHANG DUYIWUER DE NI
世界上独一无二的你

著　　者：[美]鲍勃·拉茨卡　著　[美]克里斯汀·赫德歇尔等　绘　张弘　译
出 版 人：陈远
出版发行：福建少年儿童出版社
社　　址：福州市东水路 76 号 17 层（邮编：350001）
选题策划：洛克博克
责任编辑：黄艳彬
责任校对：陈果
美术设计：耿园园
电　　话：010-53606116（发行部）
印　　刷：北京华联印刷有限公司
开　　本：889 毫米 ×1194 毫米　1/16
印　　张：2.5
版　　次：2025 年 5 月第 1 版
印　　次：2025 年 5 月第 1 次印刷
ISBN　978-7-5395-8900-8
定　　价：49.80 元

版权所有，侵权必究！未经许可，不得以任何方式复制或转载本书的全部或部分内容。
如发现印刷质量问题，请直接与承印厂联系调换。
联系电话：010-87110703

献给艾玛。

——鲍勃·拉茨卡

献给丹尼尔学院的同学们。

——克里斯汀·赫德歇尔和凯文·赫德歇尔

你是一个生命，

一刻不停地呼吸着。

你有时得吃，

有时要睡。

你爱工作，也爱玩耍。

你有梦想，也有恐惧。

你有思想，还有记忆。

这就是你。

你是一个孩子，

可能有爸爸和妈妈，也可能只有其中的一个。

你可能由亲戚照顾，也可能被领养。

无论你的家庭怎样，你都值得被爱护。

你是一种动物。

你属于哺乳动物一族。

你有骨骼，有毛发，喝妈妈的乳汁。

你与黑猩猩是近亲。

和其他动物一样，
你把地球唤作家园。

你有水做的身体。

你身体的一大半由水构成。

汗液里的水帮忙给身体降温，

唾液里的水有助于进食，

血液里的水将营养物质传遍全身。

你是一名
航天员。

你乘坐一艘

名叫地球的飞船，

围绕一颗

名叫太阳的恒星航行。

太阳在一个

名为银河系的星系中穿行。

你在宇宙间一直前行。

你是一块海绵，

不停地吸收新的信息。

你是大千世界的探索者，

不断尝试新的东西，不断学习。

你所看到的、听到的、尝到的、

闻到的、触摸到的，

都被你吸收了进去。

你是一个很好的朋友。

你喜欢和大家一起玩。

大家也喜欢和你玩。

你爱分享，

也愿意倾听。

你顾及他人的感受，

值得朋友托付。

你在不断
完善自我。

你不是一件已经完成的作品，你一直在进步。你每天都在成长、学习和改变。

即使长大了，你也不会一成不变。生活总在不断地塑造你。

你是一个谜题。

你长大了会做什么，

会长成什么样子？

你会有自己的孩子吗？

你会住在哪儿，和谁一起生活？

没有人知道，连你自己也不知道。

你是独一无二的。

即使你是双胞胎中的一个，也不会有人同你一模一样。

世上从来没有另一个你，你就是那个唯一。

你无法被复制。

你是与众不同的，你非常独特。

你是一个奇迹。

起初，你在另一个人的身体里，

不过是一个很小很小的细胞。

接着，你分裂为两个细胞，

然后是四个，再是八个。

而后，你长成一个胎儿，

奋力挤进这个世界。

终于，你成为自己的主人。

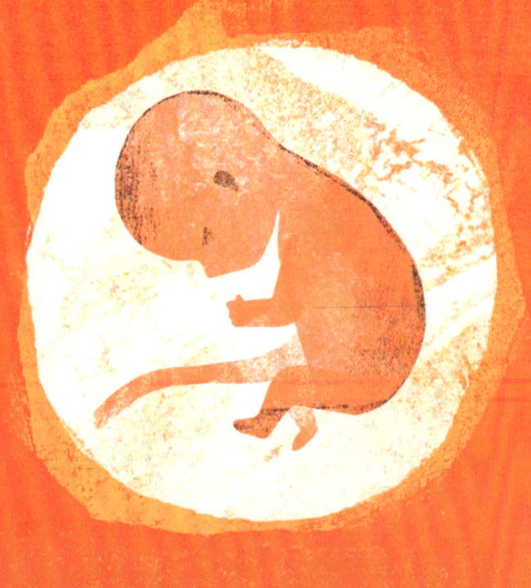

你是一个故事。

你是自己人生的作者。

每一天，都是一页白纸，等着你去填写。

请写得好玩些，写得趣味盎然些，

把你的故事变成一段奇遇。

把你的故事说给别人听。

然后，

也听听他们的故事。